Bhí an beirt leanbh ina ndúiseacht agus iad lag leis an ocras.
Chuala siad gach focal agus thosaigh Gretel ag gol go faíoch.
"Ná bíodh aon imní ort," arsa Hansel, "Tá seift agam chun teacht slán."
D'imigh sí go ciúin go dtí an gairdín. Bhí clocha beaga bána ar an gcosán agus iad
ag glioscarnaigh faoi sholas na gealaí. Líon Hansel a phócaí leis na clocha agus
d'fhill sé ar a dheirfiúr.

The two children lay awake, restless and weak with hunger.
They had heard every word, and Gretel wept bitter tears.
"Don't worry," said Hansel, "I think I know how we can save ourselves."
He tiptoed out into the garden. Under the light of the moon, bright white pebbles shone like
silver coins on the pathway. Hansel filled his pockets with pebbles and returned to comfort
his sister.

Maidin lá arna mhárach, roimh éirí gréine, dhúisigh an mháthair Hansel agus Gretel.

"Éirigh ar sise," táimid ag dul isteach sa choill. Seo dhaoibh píosa aráin an duine,

ach ná hith in aon alp amháin é."

Ar aghaidh leo go léir le chéile. Stad Hansel ó am go ham agus d'fhéach sé siar i dtreo an bhaile.

"Cad tá ar siúl agat?" arsa an t-athair.

"Táim ag fágaint slán ag mo chat bán atá ina shuí ar an díon."

"Ráiméis!" d'fhreagair an mháthair. "Inis an fhírinne. Sin í an ghrian ag lonradh ar an simné."

Bhí clocha bána á gcaitheamh ar an gcosán ag Hansel go rúnda.

Early next morning, even before sunrise, the mother shook Hansel and Gretel awake.

"Get up, we are going into the wood. Here's a piece of bread for each of you, but don't eat it all at once."

They all set off together. Hansel stopped every now and then and looked back towards his home.

"What are you doing?" shouted his father.

"Only waving goodbye to my little white cat who sits on the roof."

"Rubbish!" replied his mother. "Speak the truth. That is the morning sun shining on the chimney pot."

Secretly Hansel was dropping white pebbles along the pathway.

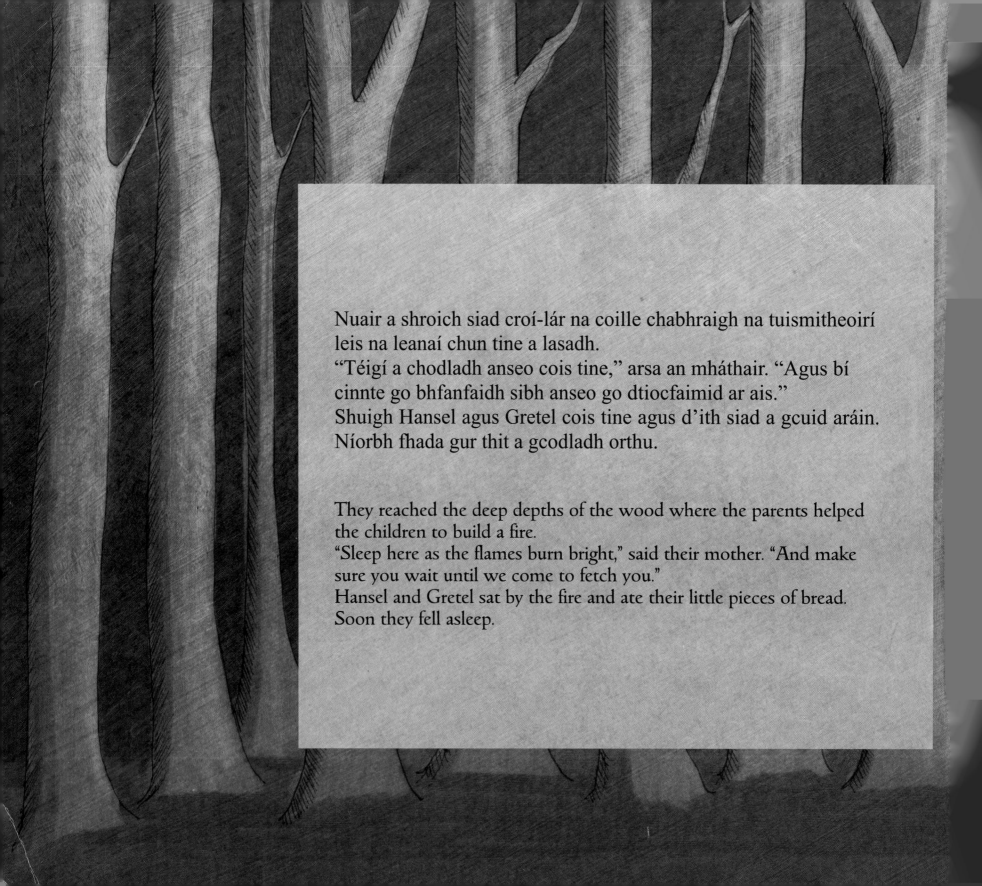

Nuair a shroich siad croí-lár na coille chabhraigh na tuismitheoirí leis na leanaí chun tine a lasadh.

"Téigí a chodladh anseo cois tine," arsa an mháthair. "Agus bí cinnte go bhfanfaidh sibh anseo go dtiocfaimid ar ais."

Shuigh Hansel agus Gretel cois tine agus d'ith siad a gcuid aráin. Níorbh fhada gur thit a gcodladh orthu.

They reached the deep depths of the wood where the parents helped the children to build a fire.

"Sleep here as the flames burn bright," said their mother. "And make sure you wait until we come to fetch you."

Hansel and Gretel sat by the fire and ate their little pieces of bread. Soon they fell asleep.

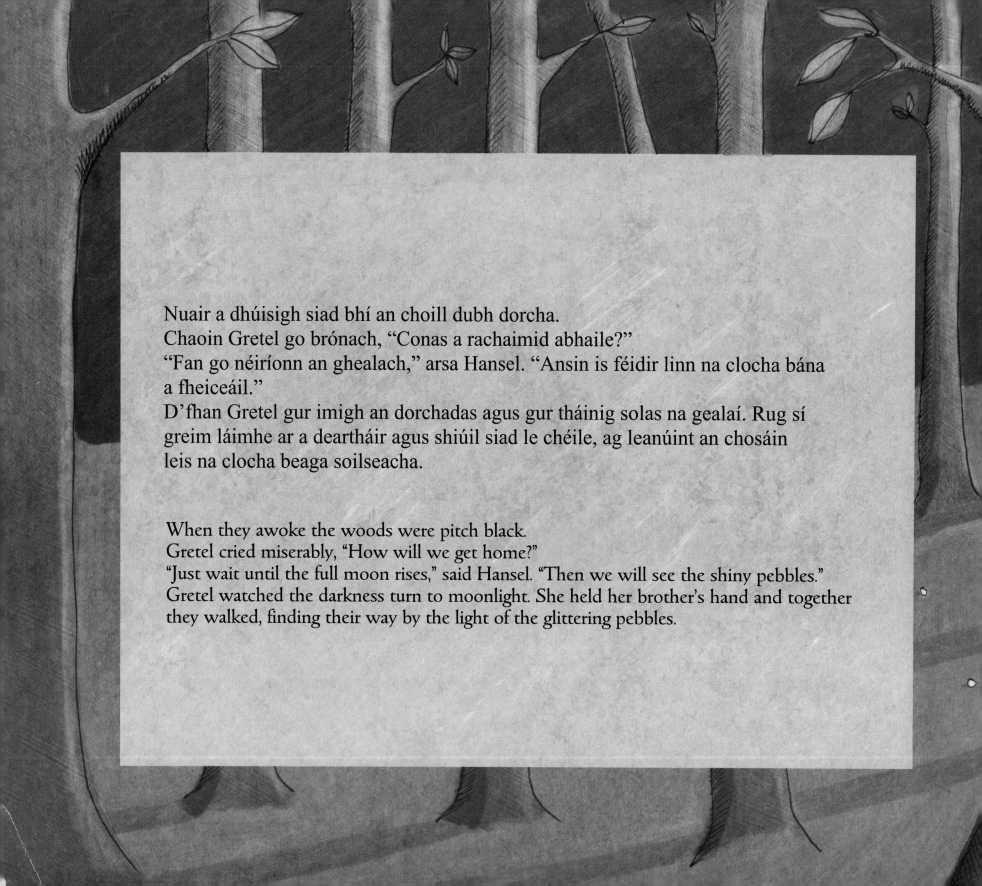

Nuair a dhúisigh siad bhí an choill dubh dorcha.
Chaoin Gretel go brónach, "Conas a rachaimid abhaile?"
"Fan go néiríonn an ghealach," arsa Hansel. "Ansin is féidir linn na clocha bána
a fheiceáil."
D'fhan Gretel gur imigh an dorchadas agus gur tháinig solas na gealaí. Rug sí
greim láimhe ar a deartháir agus shiúil siad le chéile, ag leanúint an chosáin
leis na clocha beaga soilseacha.

When they awoke the woods were pitch black.
Gretel cried miserably, "How will we get home?"
"Just wait until the full moon rises," said Hansel. "Then we will see the shiny pebbles."
Gretel watched the darkness turn to moonlight. She held her brother's hand and together
they walked, finding their way by the light of the glittering pebbles.

Ar maidin go luath shroich siad an baile.
Nuair a d'oscail an mháthair an doras scread sí chucu, "Cén fáth
gur chodail sibh chomh fada sa choill? Cheap mé nach raibh sibh
ag teacht abhaile go deo."
Bhí sí ar buile ach bhí áthas ar an athair. B'fhuath leis iad a
fhágaint ina naonar sa choill.

D'imigh an t-am. Fós ní raibh dóthain bia chun an chlann a chothú.
Oíche amháin chuala Hansel agus Gretel a máthair ag rá, "Caithfidh na leanaí imeacht.
Tógfaimid níos faide isteach sa choill iad. An turas seo ní éireoidh leo teacht ar ais."
Shleamhnaigh Hansel as a leaba chun clocha bána a bhailiú arís ach an uair seo bhí
an glas ar an doras.
"Ná bí ag gol," ar seisean le Gretel. "Cuimhneoidh mé ar rud éigin. Téigh a chodladh."

Towards morning they reached the woodcutter's cottage.
As she opened the door their mother yelled, "Why have you slept so long in the woods?
I thought you were never coming home."
She was furious, but their father was happy. He had hated leaving them all alone.

Time passed. Still there was not enough food to feed the family.
One night Hansel and Gretel overheard their mother saying, "The children must go.
We will take them further into the woods. This time they will not find their way out."
Hansel crept from his bed to collect pebbles again but this time the door was locked.
"Don't cry," he told Gretel. "I will think of something. Go to sleep now."

Lá arna mhárach, le píosaí beaga aráin don turas, tógadh na leanaí isteach sa choill go dtí áit nach bhfaca siad riamh cheana. Ó am go ham stad Hansel agus chaith sé crústa aráin ar an gcosán. Las na tuismitheoirí tine agus dúirt siad leo dul a chodladh. "Táimid ag imeacht chun adhmad a ghearradh," arsa an mháthair, "agus fillfimid chugaibh nuair a bheidh an obair déanta againn." Roinn Gretel a cuid aráin le Hansel agus d'fhan siad agus d'fhan siad. Ach níor tháinig éinne. "Nuair a éireoidh an ghealach feicfimid na crústaí aráin agus aimseoimid an bealach abhaile," arsa Hansel.

D'éirigh an ghealach ach bhí na crustaí imithe.

Bhí siad go léir ite ag ainmhithe agus éanlaith na coille.

The next day, with even smaller pieces of bread for their journey, the children were led to a place deep in the woods where they had never been before. Every now and then Hansel stopped and threw crumbs onto the ground.

Their parents lit a fire and told them to sleep. "We are going to cut wood, and will fetch you when the work is done," said their mother.

Gretel shared her bread with Hansel and they both waited and waited. But no one came.

"When the moon rises we'll see the crumbs of bread and find our way home," said Hansel.

The moon rose but the crumbs were gone.

The birds and animals of the wood had eaten every one.

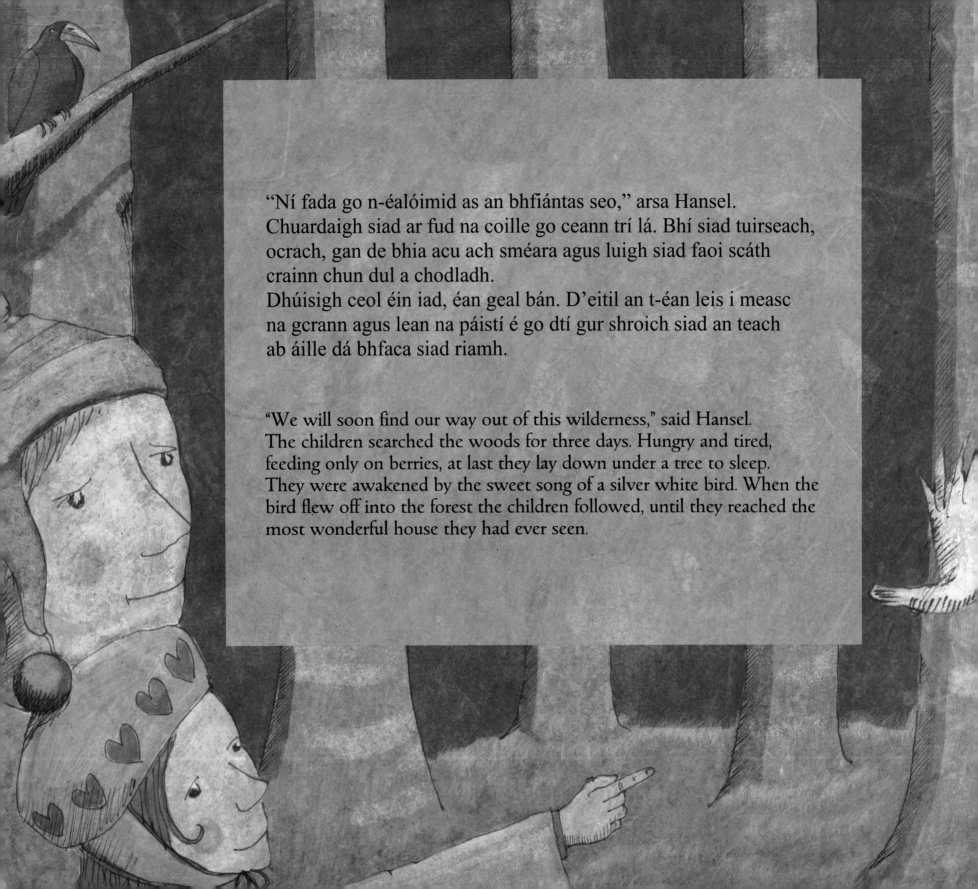

"Ní fada go n-éalóimid as an bhfiántas seo," arsa Hansel.
Chuardaigh siad ar fud na coille go ceann trí lá. Bhí siad tuirseach,
ocrach, gan de bhia acu ach sméara agus luigh siad faoi scáth
crainn chun dul a chodladh.
Dhúisigh ceol éin iad, éan geal bán. D'eitil an t-éan leis i measc
na gcrann agus lean na páistí é go dtí gur shroich siad an teach
ab áille dá bhfaca siad riamh.

"We will soon find our way out of this wilderness," said Hansel.
The children searched the woods for three days. Hungry and tired,
feeding only on berries, at last they lay down under a tree to sleep.
They were awakened by the sweet song of a silver white bird. When the
bird flew off into the forest the children followed, until they reached the
most wonderful house they had ever seen.

The walls were tiled with strawberry tarts, the roof was made of chocolate hearts. Around the windows were caramel frames and the pathway was lined with candy canes. "Now we can eat!" said Hansel and he bit off a piece of the roof.

Suddenly, they heard a voice. "Jimney, Jimney, who's that nibbling at my chimney?"

"It's the wind, it blows right in," they answered, and went on eating.

All at once the door opened and a strange, shrivelled woman appeared. Beyond her tiny spectacles she had blood red eyes.

Hansel and Gretel were so frightened they dropped their sweets.

"What brought you here, my dears?" she said. "If it is hunger, then come and see what I have for you."

She took them by the hand and led them into her little house.

Bhí toirtíní sú talún sna fallaí,
Le díon seacláide i bhfoirm croí.
Caramal bhí ar fhuinneoga 's dóirse
Is maidí milse le hais an phóirse.
"Anois is féidir linn ithe," arsa Hansel
agus thóg sé greim den díon.
Go tobann, chuala siad guth. "Jimney, Jimney,
hé hé hé, Cé tá ag ithe mo shimné?"
"Sin í an ghaoth, an ghaoth aneas," agus lean
siad ag ithe, bhí an bia go deas.
D'oscail an doras go tobann agus tháinig
bean aisteach seirgthe amach. Taobh thiar dá
spéaclaí beaga bhí a súile chomh dearg le fuil.
Tháinig sceon ar na leanaí gur thit na
milseáin uathu.
"Cad a thug anseo sibh?" ar sise.
"Más ocras atá oraibh, tar isteach go
bhfeicfidh sibh cad atá agam daoibh."
Thóg sí ar láimh iad isteach sa teach.

Fuair Hansel agus Gretel togha gach bia, úlla agus cnónna, bainne agus pancóga clúdaithe le mil.
Ansin luigh siad ar dhá leaba bheaga faoi línéadach bán agus chodail siad go sámh.
D'fhéach an bhean go grinn orthu agus dúirt sí, "Tá sibh chomh tanaí. Bígí ag taibhreamh anois
mar amárach tosnóidh an tromluí."
Bhí radharc na súl an-lag ag bean aisteach an tí inite agus ní raibh sa chineáltas ach cur i gcéill.
Dáiríre, sean-chailleach mhallaithe ab ea í.

Hansel and Gretel were given all good things to eat! Apples and nuts, milk, and pancakes covered
in honey.
Afterwards they lay down in two little beds covered with white linen and slept as though they
were in heaven.
Peering closely at them, the woman said, "You're both so thin. Dream sweet dreams for now,
for tomorrow your nightmares will begin!"
The strange woman with an edible house and poor eyesight had only pretended to be friendly.
Really, she was a wicked witch!

Ar maidin rug an chailleach mhallaithe ar Hansel agus chaith sí isteach i gcás é. Scread sé le heagla agus le huafás. Tháinig Gretel ag rith. "Cad tá á dhéanamh agat le mo dheartháir?" a dúirt sí.

Gháir an chailleach agus chas sí a súile dearga. "Táim á ullmhú mar bhéile," ar sise "agus tá tusa chun cabhrú liom, a chailín."

Bhí Gretel scanraithe.

Cuireadh ag obair i gcistin na caillí í ag ullmhú raidhse mór bia dá dheartháir.

Ach fós níor éirigh an dheartháir ramhar.

In the morning the evil witch seized Hansel and shoved him into a cage. Trapped and terrified he screamed for help. Gretel came running. "What are you doing to my brother?" she cried.

The witch laughed and rolled her blood red eyes. "I'm getting him ready to eat," she replied. "And you're going to help me, young child."

Gretel was horrified.

She was sent to work in the witch's kitchen where she prepared great helpings of food for her brother. But her brother refused to get fat.

Thug an chailleach cuairt ar Hansel gach lá. "Sáigh amach do mhéar chugam," a dúirt sí, "go bhfeicfidh mé cé chomh ramhar agus atá tú."
Sháigh Hansel amach cnámh sicín a bhí aige ina phóca.
Bhí droch radharc ag an gcailleach agus níor fhéad sí a thuiscint cén fáth go raibh an buachaill ag fanacht chomh tanaí.
Tar éis trí seachtaine theip ar an bhfoighne uirthi.
"Gretel, faigh an t-adhmad go tapa," ar sise, "táimid chun an buachaill seo a róstadh."

The witch visited Hansel every day. "Stick out your finger," she snapped. "So I can feel how plump you are!"
Hansel poked out a lucky wishbone he'd kept in his pocket.
The witch, who as you know had very poor eyesight, just couldn't understand why the boy stayed boney thin.
After three weeks she lost her patience.
"Gretel, fetch the wood and hurry up, we're going to get that boy in the cooking pot," said the witch.

D'fhadaigh Gretel an tine san oigheann mór go mall.

D'éirigh an chailleach mífhoighneach. "Ba cheart go mbeadh an t-oigheann sin réidh anois," a scread sí. "Preab isteach ann féachaint an bhfuil sé te go leor."

Thuig Gretel cad a bhí in aigne ag an gcailleach. "Níl a fhios agam conas é sin a dhéanamh," a dúirt sí.

"A óinsigh!" arsa an chailleach. "Tá an doras chomh leathan go bhféadfainn féin dul isteach."

Agus mar chruthú ar sin sháigh sí a ceann féin isteach.

Phreab Gretel le luas lasrach agus bhrúigh sí an chailleach isteach sa tine mhór bhladhmannach. Dhún sí an doras iarainn go daingean agus rith sí chuig Hansel ag fógairt, "Tá an chailleach marbh! Tá an chailleach marbh! Tá deireadh leis an gcailleach mhallaithe!"

Gretel slowly stoked the fire for the wood-burning oven.

The witch became impatient. "That oven should be ready by now. Get inside and see if it's hot enough!" she screamed.

Gretel knew exactly what the witch had in mind. "I don't know how," she said.

"Idiot, you idiot girl!" the witch ranted. "The door is wide enough, even I can get inside!"

And to prove it she stuck her head right in.

Quick as lightning, Gretel pushed the rest of the witch into the burning oven. She shut and bolted the iron door and ran to Hansel shouting: "The witch is dead! The witch is dead! That's the end of the wicked witch!"

Phreab Hansel ón gcás mar a bheadh éan ag eitilt.

Hansel sprang from the cage like a bird in flight.

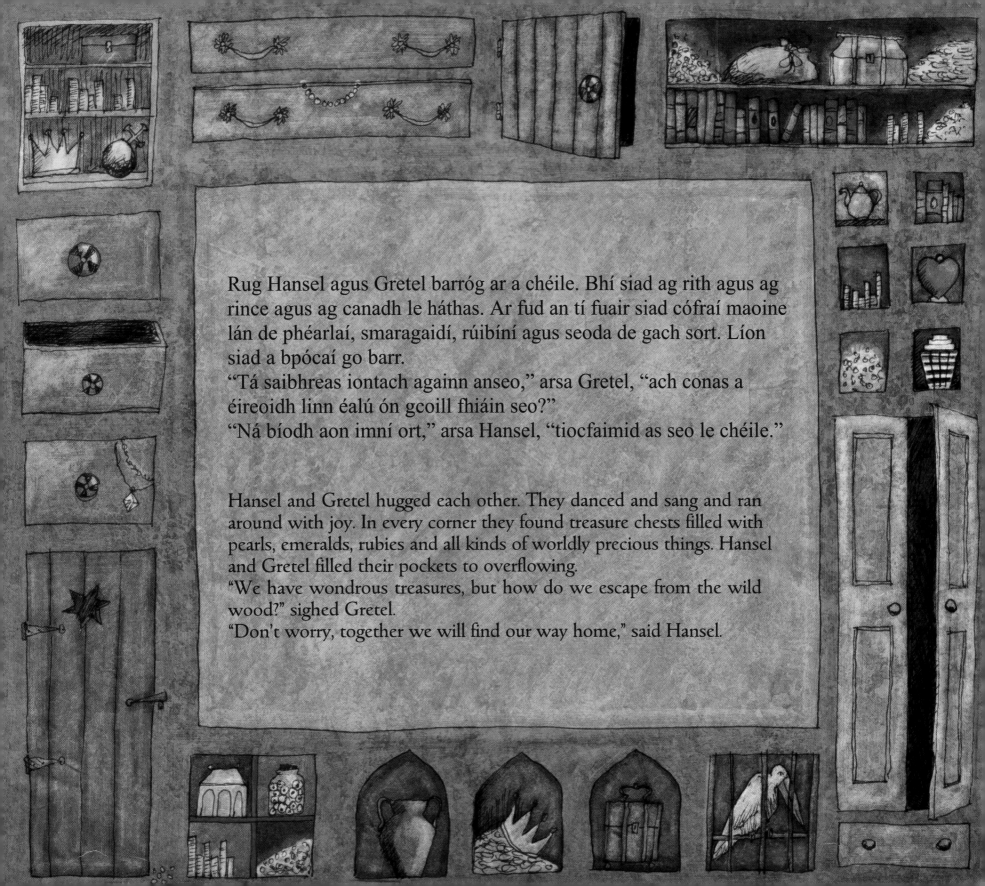

Rug Hansel agus Gretel barróg ar a chéile. Bhí siad ag rith agus ag rince agus ag canadh le háthas. Ar fud an tí fuair siad cófraí maoine lán de phéarlaí, smaragaidí, rúibíní agus seoda de gach sort. Líon siad a bpócaí go barr.

"Tá saibhreas iontach againn anseo," arsa Gretel, "ach conas a éireoidh linn éalú ón gcoill fhiáin seo?"

"Ná bíodh aon imní ort," arsa Hansel, "tiocfaimid as seo le chéile."

Hansel and Gretel hugged each other. They danced and sang and ran around with joy. In every corner they found treasure chests filled with pearls, emeralds, rubies and all kinds of worldly precious things. Hansel and Gretel filled their pockets to overflowing.

"We have wondrous treasures, but how do we escape from the wild wood?" sighed Gretel.

"Don't worry, together we will find our way home," said Hansel.

Tar éis trí uair a chloig tháinig siad go loch mór uisce.

"Ní féidir linn dul trasna," arsa Hansel. "Níl bád ná droichead; níl ann ach uisce glé glan."

"Féach! Tá lacha gheal bhán ag snámh thar na cuilithíní," arsa Gretel. "B'fhéidir gur féidir léi cabhrú linn."

Chan siad le chéile: "A lacha bheag na ngeal-sciathán, Tar agus éist lenár ngearán.

Tá an tuisce leathan, doimhin is ciúin, An bhféadfá sinn a iompar anonn?"

Shnámh an lacha chucu agus d'iompair sé Hansel trasna ar dtús agus ansan Gretel.

Nuair a shroich siad an taobh eile d'aithin siad an áit.

After three hours they came upon a stretch of water.

"We cannot cross," said Hansel. "There's no boat, no bridge, just clear blue water."

"Look! Over the ripples, a pure white duck is sailing," said Gretel. "Maybe she can help us."

Together they sang: "Little duck whose white wings glisten, please listen.

The water is deep, the water is wide, could you carry us across to the other side?"

The duck swam towards them and carried first Hansel and then Gretel safely across the water.

On the other side they met a familiar world.

Cois ar chois rinne siad a mbealach ar ais go dtí teach a n-athair.
"Táimid sa bhaile," a bhéic siad.
Gháir a n-athair le háthas. "Ní raibh suaimhneas ar bith agam ón uair a d'imigh sibh," ar seisean.
"Chuardaigh mé i ngach aon áit."

Step by step, they found their way back to the woodcutter's cottage.
"We're home!" the children shouted.
Their father beamed from ear to ear. "I haven't spent one happy moment since you've been gone," he said.
"I searched, everywhere..."

"Agus ár Máthair?"

"Tá sí imithe! Nuair nach raibh aon bhia fágtha bhailigh sí léi ar buile agus dúirt sí nach bhfeicfinn go deo arís í. Anois níl ann ach an triúr againn."

"Agus ár seoda luachmhara," arsa Hansel, agus chuir sé a lámh ina phóca agus tharraing sé amach péarla geal bán.

"Sea," arsa an t-athair, "níl fadhb ar bith anois againn."

"And Mother?"

"She's gone! When there was nothing left to eat she stormed out saying I would never see her again. Now there are just the three of us."

"And our precious gems," said Hansel as he slipped a hand into his pocket and produced a snow white pearl.

"Well," said their father, "it seems all our problems are at an end!"